AF322517

J.-L. FORAIN

PASTELS

Dessins & Aquarelles

EXPOSITION PUBLIQUE

Le Mercredi 25 Avril 1900, de 2 heures à 6 heures

VENTE LE JEUDI 26 AVRIL 1900

IMPRIMERIE DE L'ART

CATALOGUE

DES

PASTELS
DESSINS & AQUARELLES

PAR

J.-L. FORAIN

DONT LA VENTE AURA LIEU

A L'HOTEL DROUOT, SALLE N° 8

Le Jeudi 26 Avril 1900

A TROIS HEURES

Mᵉ BRICOUT	**M. Hector BRAME**
COMMISSAIRE-PRISEUR	EXPERT
10, rue Sainte-Cécile, 10	2, rue Laffitte, 2

Chez lesquels se distribue le Catalogue

EXPOSITION PUBLIQUE

Le Mercredi 25 Avril 1900, de 2 heures à 6 heures

CONDITIONS DE LA VENTE

Elle sera faite au comptant.

Les acquéreurs payeront *cinq pour cent* en sus des enchères, applicables aux frais.

AVIS

**Tous les dessins sont vendus sans droit
de reproduction**

Paris. — Imprimerie de l'Art, E. MOREAU ET Cⁱᵉ, 41, rue de la Victoire.

DÉSIGNATION

AQUARELLES ET DESSINS

**N. B. — Tous les dessins sont vendus sans droit
de reproduction**

1 — Le Lever.

Pastel important.

Haut., 54 cent ; larg., 65 cent,

2 — Doux Pays.

Au Mont de Piété :

— Avez-vous un papier quelconque ? Une quittance de loyer ?

— Une quittance de loyer... Y a longtemps que
j' n'en ai plus..., mais j'ai une carte d'élec-
teur.

Encre de Chine.

3 — Doux Pays.

La rentrée au tripot :

— Et les juges, Monsieur le Directeur ?

— Charmants.... aussi dites aux pontes que
j'autorise la poussette pendant un quart
d'heure.

Encre de Chine.

4 — Doux Pays.

A Henri Rochefort.
Le Retour du proscrit.

5 — Doux Pays.

A M. Chion Ducollet :
— Tiens, le Président vient de passer par là.

Aquarelle.

6 — Doux Pays.

Chez un enquêteur du Panama :
— Vous pouvez dormir tranquille, papa dit que
c'est un scandale de tout repos.

Aquarelle.

7 — Doux Pays.

Au Mont de Piété de Carmaux :
Les verriers attendent que la Compagnie ne soit
plus en grève.

Encre de Chine

8 — Doux Pays.

Tout f... le camp. Tout !
Voilà mon frère qui, etc...

Encre de Chine.

9 — Doux Pays.

Le budget des Beaux-Arts :
— Dites donc, vous ne vous êtes pas foulé sur
cette toile ?
— C'est une commande de l'Etat.

Encre de Chine.

10 — La Vie de château.

— Garde-moi de l'eau de ta tête pour mes pieds.

Encre de Chine.

11 — La Vie de château.

— Jules, est-ce que tu ne m'as pas dit dans le temps que tu avais « marché » avec la maîtresse de la maison?

Dessin au crayon.

12 — La Chambre d'amis.

— C'est effrayant ce qu'on dit de nous à côté.
Elle. — Naturellement, c'est de moi qu'on parle.

Encre de Chine.

13 — Bon Époux, bon Maître.

— J'espère que Monsieur en rapporte à Madame !
— Chut, je ne t'ai pas oubliée.

Encre de Chine.

14 — La nouvelle bonne.

— Eh bien ! vous plaisez-vous dans la maison ?

Encre de Chine.

15 — Le Constat.

Monsieur n'a pas vieilli.

Encre de Chine.

16 — Variante du dessin paru avec cette légende :

— Allons, vieux fou… laissez mes mains tranquilles, je viens de vider un merlan.

Encre de Chine.

17 — Voilà de bons certificats !
    — N'en v'la encore un meilleur qui prouve que
       c'est moi qui a fermé les yeux à mon dernier
       maitre.

Encre de Chine rehaussée d'aquarelle.

18 — Pourquoi donc que la bonne t'a donné une
       gifle ?

Encre de Chine.

19 — Qu'est-ce que Monsieur vous disait tout bas ?
    — Y m' demandait pourquoi qu' je l' boudais.
    — Je suis fixée, vous allez faire votre malle.

Encre de Chine.

20 — **République.**

Encre de Chine.

21 — **Vive la grève.**

Encre de Chine, rehaussée d'aquarelle.

22 — **Pantomime à M. de Freycinet.**
L'Étude du dossier secret.

Dessin rehaussé de couleurs.

23 — **Devant la Cour.**

Aquarelle.

24 — **Au Palais.**

Etude, encre de Chine.

25 — **République.**

26 — Stupide moribond avec vos chapelets et vos
scapulaires, vous me faites rater ma croix.

Encre de Chine, rehaussée d'aquarelle.

27 — Comment avez-vous trouvé ma belle-mère ?
Le docteur. — Hem ! *entre nous,* vous m'avez
appelé un peu tard.

Dessin au crayon.

28 — **La dernière consultation.**

Encre de Chine.

29 — **Chez le docteur.**

Encre de Chine.

30 — **Deux dessins sur une même feuille.**
Souvenirs des courses.

Dessin au crayon.

31 — **Les Mamans.**
— Tenez, voilà les cheveux que j'avais à son âge.

Encre de Chine, rehaussée de couleurs.

32 — **Le Portrait du nouveau.**
— Est-ce qu'il sera riche ?
— Oui.
— A la bonne heure.

Encre de Chine.

33 — Où ça qu' papa m'a rencontrée avec un type ?
— En sortant du Mont de Piété.

Aquarelle.

34 — Est-ce que je lui fais peur ?
    — Il n'est pas encore fait à l'odeur de l'absinthe.
Dessin au crayon.

35 — Conseils maternels.
Encre de Chine, rehaussée d'aquarelle.

36 — Première idée du dessin paru avec la légende ci-dessous :
    — Mon fils se marie... cessez de lui écrire... on vous fera soixante francs par mois... et faites-le baptiser.
Aquarelle.

37 — La gosse a mal au cœur.
    — C'est sa première absinthe.
Encre de Chine.

38 — Jeux d'enfants.
Aquarelle.

39 — Étude d'enfant.
Encre de Chine.

40 — Mère et son enfant.
Encre de Chine.

41 — Je me suis ennuyée toute la nuit.
    — Tu es comme moi..., j'ai la solitude en horreur.
Dessin au crayon.

42 — La veille d'une faillite.

— Et moi qui venais pour vous complimenter !

Dessin au crayon, rehaussé de couleurs.

43 — Ai-je besoin de vous dire que je n'ai plus vingt ans.

Encre de Chine.

44 — Je viens de pincer ton père avec...
— Pas de musique ici maman : garde ça pour le fiacre.

Encre de Chine, rehaussée de couleurs.

45 — J'ai été léger ! ! ! je le suis encore, et je n'ai jamais fait de mal à une mouche.

Dessin au crayon.

46 — Allons... Détale, voilà les femmes du monde.

Dessin, rehaussé de couleurs.

47 — Qu'est-ce que tu veux ! nous allons encore tirer les rois avec un hareng saur.

Encre de Chine, légèrement rehaussée de couleurs.

48 — *Le Chien.* — Chouette ! son pneu est crevé.

Encre de Chine.

49 — Danseuse au repos.

Dessin, rehaussé de sanguine.

50 — Dans les coulisses.

Dessin au crayon.

51 — Le vieux Cabotin.

— Avec ta jalousie, tu te rendras odieuse.

Encre de Chine.

52 — Dans sa loge.

Aquarelle.

53 — Loge d'artiste.

Dessin au crayon.

54 — Dans les coulisses.

Encre de Chine.

55 — La lecture.

Dessin à l'encre de Chine.

56 — Chemineau.

Encre de Chine, rehaussée de couleurs.

57 — J'ai pardonné...

Encre de Chine.

58 — Question embarrassante.

Encre de Chine, rehaussée d'aquarelle.

59 — Étude de nu.

Dessin, rehaussé de sanguine.

60 — Aquarelle. Étude.

61 — Le Matin.

Encre de Chine.

62 — Le Portrait de l'avant dernier.

Dessin légèrement rehaussé de pastel.

63 — **Après dîner**.

Encre de Chine.

64 — **Déshabillée**.

Encre de Chine.

65 — **La vie de Bohême**.

Encre de Chine.

66 — **Il aime les cigares**.

Encre de Chine.

67 — **En sortant du Moulin Rouge**.

Dessin au crayon.

68 — **Chez Maxim**.

Encre de Chine.

69 — **Femme vue de dos**.

Dessin au crayon.

70 — **Flirt**.

Encre de Chine.

71 — **Premier amour**.

Dessin au crayon.

72 — **Femme s'habillant**.

Croquis au crayon.

73 — **Visite matinale**.

Dessin au crayon.

74 — Curiosité.

Dessin au crayon.

75 — Étude de buveur.

Mine de plomb.

76 — Question d'argent.

Encre de Chine.

77 — Tête de femme.

Étude, mine de plomb.

78 — Au café.

Encre de Chine, rehaussée de couleurs.

79 — Femme au tub.

Étude, mine de plomb.

80 — Idylle.

Dessin au crayon.

81 — A l'Office.

Encre de Chine, rehaussée d'aquarelle.

82 — Amoureux.

Encre de Chine.

———

83 — Collection du Psst sur Japon.

www.ingramcontent.com/pod-product-compliance
Lightning Source LLC
LaVergne TN
LVHW011032050726
842519LV00004B/1338